2

¿Eres Tu Mi Mama?

Escrito e Illustrado por
P.D. Eastman
Traducido del inglés por Carlos Rivera

BEGINNER BOOKS A Division of Random House

NOTE: Some English phrases do not
translate word-for-word into Spanish.
In these cases the English idea has
been translated into Spanish idiom.

Copyright © 1960, 1967 by P.D. Eastman. Copyright renewed 1988 by Mary L.
Eastman. Copyright renewed 1995 by Random House, Inc. All rights reserved under
International and Pan-American Copyright Conventions. Published in New York by
Beginner Books, Inc., and simultaneously in Toronto, Canada, by Random House of
Canada, Limited. Library of Congress Catalog Card Number: 60-13495.
This title was originally catalogued by the Library of Congress as follows:
Eastman, Philip D. ¿Eres tú mi mamá?
Escrito e illustrado [sic] por P. D. Eastman. Traducido del inglés por Carlos Rivera.
[New York] Beginner Books [1967] 63 p. col. illus. 24 cm.
(Yo lo puedo leer solo) Spanish and English. Translation of Are you my mother?
1. Spanish language—Readers. I. Title. PC4115.E318 67-3636
ISBN 0-394-81596-3 (trade). — ISBN 0-394-91596-8 (library binding)
Printed in the United States of America. 90 89 88 87 86 85 84 83 82 81

Una pájara calentaba un huevo.

A mother bird sat on
her egg.

El huevo saltó.

The egg jumped.

—¡O! ¡O!—
dijo la pájara—.
Mi pajarito pronto va a nacer.
Querrá comer.

"Oh oh!" said the
mother bird. "My baby
will be here! He will
want to eat."

—Debo buscar algo
para que coma
mi pajarito—.
Pronto volveré.

"I must get something
for my baby bird to
eat!" she said. "I will be
back!"

Y se fué.

So away she went.

El huevo saltó.
¡Saltó, y saltó,
y saltó!

The egg jumped. It
jumped, and jumped, and
jumped!

Y del huevo salió
un pajarito.

Out came the baby
bird!

—¿Dónde está mi mamá?—
preguntó.

"Where is my mother?"
he said.

La buscó.

He looked for her.

Miró para arriba.
No la vió.

He looked up. He did
not see her.

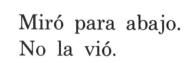

Miró para abajo.
No la vió.

He looked down. He did
not see her.

—Voy a buscarla—
dijo.

"I will go and look for
her," he said.

Y se fué.

So away he went.

Se cayó del árbol.

Down, out of the tree
he went.

¡Para abajo, abajo, muy abajo!
Fué un trecho muy largo hacia abajo.

Down, down, down! It
was a long way down.

El pajarito no podía volar.

The baby bird could
not fly.

No podía volar,
pero podía andar.
—Ahora voy a buscar
a mi mamá—dijo.

He could not fly, but
he could walk. "Now I
will go and find my
mother," he said.

No sabía cómo
era su mamá.
La pasó en el camino,
pero no la vió.

He did not know what
his mother looked like. He
went right by her. He did
not see her.

Se encontró con un gatito.
—¿Eres tú mi mamá?—
le preguntó al gatito.

He came to a kitten.
"Are you my mother?"
he said to the kitten.

El gatito sólo miraba
y miraba. No
decía nada.

The kitten just looked
and looked. It did not
say a thing.

El gatito no era su mamá,
así es que siguió su camino.

The kitten was not his
mother, so he went on.

Entonces se encontró
con una gallina.
—¿Eres tú mi mamá?—
le preguntó a la gallina.

Then he came to a
hen.
"Are you my mother?"
he said to the hen.

—No—dijo la gallina.

"No," said the hen.

El gatito no era
su mamá.

The kitten was not
his mother.

La gallina no era
su mamá.

The hen was not
his mother.

Así es que el pajarito siguió su camino.

So the baby bird went on.

—Tengo que encontrar
a mi mamá—dijo—.
Pero, ¿dónde? ¿Dónde está?
¿En dónde puede estar?

"I have to find my
mother!" he said. "But
where? Where is she?
Where could she be?"

Entonces se encontró
con un perro.
—¿Eres tú mi mamá?—
le preguntó al perro.

Then he came to a
dog.
"Are you my mother?"
he said to the dog.

—Yo no soy tu mamá.
Soy un perro—dijo el perro.

"I am not your mother.
I am a dog," said the dog.

El gatito no era
su mamá.

The kitten was not
his mother.

La gallina no era
su mamá.

The hen was not
his mother.

El perro no era
su mamá.

The dog was not
his mother.

Así es que el pajarito
siguió su camino. Ahora se
encontró con una vaca.

So the baby bird went
on. Now he came to a
cow.

—¿Eres tú mi mamá?—
le preguntó a la vaca.

"Are you my mother?"
he said to the cow.

—¿Cómo crees tú que yo sea
tu mamá?—dijo la vaca—.
Soy una vaca.

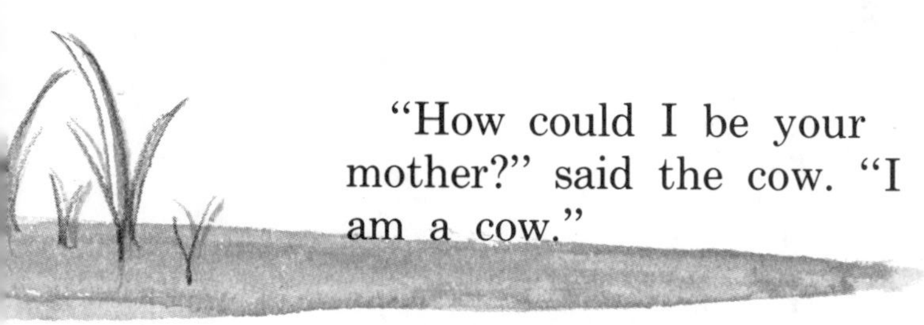

"How could I be your
mother?" said the cow. "I
am a cow."

El gatito y la gallina
no eran su mamá.

The kitten and the hen
were not his mother.

El perro y la vaca
no eran su mamá.

The dog and the cow
were not his mother.

¿De veras tenía él mamá?

Did he have a mother?

—Yo tuve mamá—dijo
el pajarito—. Yo sé que sí.
Tengo que encontrarla.
La encontraré. ¡LA ENCONTRARE!

"I did have a mother,"
said the baby bird. "I
know I did. I have to
find her. I will. I WILL!"

Ahora el pajarito
no andaba. ¡Corría!
Entonces vió un cascajo de automóvil.
¿Podría ser su mamá esa cosa
tan vieja? No, no era posible.

Now the baby bird did
not walk. He ran!
Then he saw a car.
Could that old thing be
his mother? No, it could not.

El pajarito no se detuvo.
Corrió y corrió adelante.

The baby bird did not
stop. He ran on and on.

Ahora vió hacia abajo,
muy abajo. Vió una lancha.
—¡Ahí está!—dijo el
pajarito.

Now he looked way,
way down. He saw a
boat. "There she is!" said
the baby bird.

Llamó a la lancha,
pero la lancha no
se detuvo.
Siguió adelante la lancha.

He called to the boat,
but the boat did not
stop.
The boat went on.

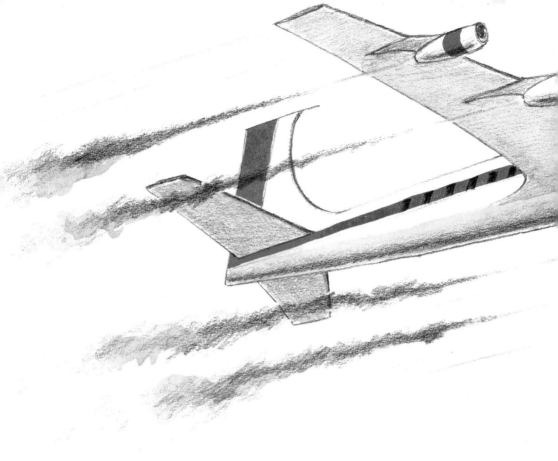

Vió hacia arriba, pero muy arriba.
Vió un avión grande.
—¡Aquí estoy, mamá!—
le gritó.

> He looked way, way up.
> He saw a big plane.
> "Here I am, Mother,"
> he called out.

42

Pero el avión no se detuvo.
Siguió adelante.

But the plane did not
stop. The plane went on.

En ese momento, el pajarito
vió una cosa grande.
¡Esta debe de ser su mamá!
—¡Ahí está!—dijo—.
¡Ahí está mi mamá!

Just then, the baby bird
saw a big thing. This
must be his mother!
"There she is!" he said.
"There is my mother!"

Corrió y se le acercó.
—¡Mamá! ¡Mamá! ¡Aquí estoy,
mamá!—le gritaba
a la cosa grande.

He ran right up to it.
"Mother, Mother! Here
I am, Mother!" he said
to the big thing.

47

Pero la cosa grande
sólo dió un bufido.
—¡Ah!, tú no eres mi mamá—
dijo el pajarito—.
Tú bufas. ¡Debo de quitarme de
aquí!

But the big thing just
said, "Snort."
"Oh, you are not my
mother," said the baby
bird. "You are a Snort.
I have to get out of
here!"

49

Pero el pajarito no pudo
quitarse a tiempo. La cosa grande
subió. Subió alto, alto, muy alto.
Y para arriba, pero muy arriba,
subía el pajarito.

But the baby bird could
not get away. The Snort
went up.

It went way, way up.
And up, up, up went
the baby bird.

51

Y ahora, ¿adónde iba
la cosa grande?
—¡Ay! ¡Ay! ¡Ay! ¿Qué
me va a hacer esta cosa grande?
¡Sálvenme!

But now, where was
the Snort going?
"Oh, oh, oh! What is
this Snort going to do to
me? Get me out of here!"

En ese momento, la cosa grande
se detuvo de repente.

Just then, the Snort
came to a stop.

56

—¿Dónde estoy?— gritaba
el pajarito—. ¡Quiero irme
a mi casa! ¡Quiero a
mi mamá!

"Where am I?" said the
baby bird. "I want to go
home! I want my
mother!"

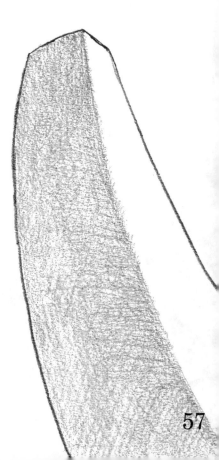

58

Entonces algo
sucedió. La cosa grande depositó
al pajarito en el árbol.
¡El pajarito estaba en su casa!

Then something
happened.
The Snort put that
baby bird right back in
the tree. The
baby bird was home!

Y en ese momento la
pájara volvió al árbol.
—¿Sabes tú quién soy yo?—
le preguntó al pajarito.

Just then the mother
bird came back to the
tree. "Do you know who
I am?" she said to her
baby.

—¡Cómo no! Yo sé quién eres—
dijo el pajarito.

No eres un gatito.

No eres una gallina.

No eres un perro.

No eres una vaca.

No eres una lancha o un
avión, o una cosa grande.

Tú eres un pájaro, y
tú eres mi mamá.

"Yes, I know who you
are," said the baby bird.

"You are not a kitten.

"You are not a hen.

"You are not a dog.

"You are not a cow.

"You are not a boat,
or a plane, or a Snort!"

"You are a bird, and
you are my mother."